L'Image miraculeuse de Notre-Dame du Bon Conseil est appelée par l'Eglise, dans sa liturgie, la belle Image de Marie. Elle fut transportée par les anges le 25 avril 1467, de Scutari, ville de l'Albanie, à Genazzano, petite ville du Latium, à quelques lieues de Rome. Il s'est opéré à ses pieds un grand nombre de prodiges. Quelques-unes de ses copies ont plus d'une fois obtenu les mêmes faveurs.

HISTOIRE

DE

NOTRE-DAME

DU

BON CONSEIL

———

TOURS

ALFRED CATTIER

ÉDITEUR

HISTOIRE

DE

NOTRE-DAME DU BON CONSEIL

GENAZZANO

Genazzano est une ville de trois à quatre mille habitants, bâtie sur une col-

line escarpée au milieu des montagnes du Latium, à dix lieues de Rome. De la station de Valmontone, sur la ligne de Naples, on y arrive en une heure de voiture, par une route pittoresque, qui tantôt franchit de hautes collines, tantôt court le long des vallons. Cette petite ville renferme un des sanctuaires les plus célèbres et les plus fréquentés de l'Italie. On y vénère une image miraculeuse de la bienheureuse Vierge Marie : c'est probablement la plus belle qu'il y ait au monde, et celle qui reproduit le plus exactement les traits de la Mère de Dieu. Nous essayerons, dans cette notice, de retracer l'histoire vraiment extraordinaire, bien que parfaitement authentique, de cette image, ou, pour mieux dire, de ce portrait de la Vierge Immaculée, Mère de Dieu.

§ I. — L'Apparition

Au temps du paganisme, Genazzano était un lieu de plaisir. On y célébrait chaque année, au printemps, des fêtes en l'honneur des divinités païennes, et le

culte de la déesse de la volupté y était particulièrement en vogue [1]. Quand l'empe-
reur Constantin fut devenu chrétien, il fit
don au pape saint Sylvestre d'une pro-
priété impériale située sur la voie Prénestine, à trente milles de Rome, qui paraît
être le site de la ville actuelle de Genazzano.
Saint Marc, successeur de saint Sylvestre,
fit élever en ce lieu une église en l'honneur
de la sainte Vierge, sous le vocable de
Mère du Bon Conseil, et peu à peu le peuple,
devenant chrétien, vint rendre ses hom-
mages à la Vierge immaculée, dans ces
lieux autrefois témoins des turpitudes du
culte païen [2].

[1] Voir le savant ouvrage de M*gr* Georges Dillon, *La
Vierge Mère du Bon Conseil*, ch. iii, traduction française,
Société de Saint-Augustin, 1885.
[2] « Dans la liste des dons de Constantin à l'Église, on
trouve la donation suivante : *Fundum Cæsareanum situm
via Prænestina distans ab Urbe millia* xxx ; et : *Fundum*

En 1356, Pierre Colonna, seigneur de Genazzano, appela les religieux Augustins pour desservir la paroisse et le sanctuaire de Notre-Dame, et leur céda le droit de patronage, qui appartenait à sa famille. L'église était en mauvais état. Une pieuse veuve, nommée Petruccia, très dévote à la sainte Vierge, souffrait de voir que l'ancien sanctuaire de Marie tombait de vétusté, et que, d'ailleurs, il était trop petit pour contenir les foules qui s'y pressaient.

thermulas in territorio Prænestino præstantem solid. XXXV. Ce *fundum Cæsareanum* sur la voie Prénestine, et distant de Rome de trente milles, ne peut être que le site de la ville actuelle de Genazzano, qui est exactement à cette distance de la Ville éternelle. — « Ce ne fut cependant pas saint Sylvestre, mais son successeur immédiat, saint Marc, qui purgea la localité des abominations païennes, et les remplaça par le culte du vrai Dieu. Il fit dessécher les lacs et couper les bosquets. Il établit sur ce sol une population chrétienne, et durant son pontificat on bâtit, à côté des ruines des temples et des statues de Vénus, la première église que nous connaissions avoir été dédiée à la Vierge Mère de Dieu, sous le titre de la *Madone du Bon Conseil*. » (*Ibid.*, p. 49.)

Sa fortune était modeste ; mais, confiante dans la Providence, elle résolut, avec l'autorisation des Pères et des supérieurs ecclésiastiques, d'entreprendre la restauration et l'agrandissement du sanctuaire. Dieu permit qu'elle ne fût pas secondée dans cette généreuse entreprise. Au bout de quelque temps, il fallut abandonner les travaux, faute de ressources, lorsque les murs d'une nouvelle chapelle, qu'on ajoutait à l'ancienne église, ne s'élevaient encore qu'à quelques mètres de hauteur. C'était en 1466. La pieuse veuve, après avoir sacrifié tout son avoir, était encore l'objet des railleries des indifférents, qui traitaient ses projets d'insensés. Petruccia supportait tout avec patience, et se contentait de répondre : « N'attachez pas, mes enfants, une si grande importance à ce malheur

apparent ; car je vous assure qu'avant ma
mort la très sainte Vierge et saint Augustin achèveront l'église commencée par
moi. » L'événement prouva bientôt que la
sainte veuve avait reçu à ce sujet des
lumières surnaturelles.

Le 25 avril 1467, fète patronale de Genazzano, il y avait dans la ville une grande
foule, et de nombreux fidèles dans le
sanctuaire délabré, mais toujours vénéré,
de la Mère du Bon Conseil [1]. Vers quatre
heures du soir, vingt et unième heure du
jour italien, descendirent tout à coup, des
hauteurs du ciel, les doux et suaves
accords d'une ravissante harmonie. Tous

---

[1] En souvenir du pape saint Marc, fondateur de l'église
Sainte-Marie, le 25 avril, fète de saint Marc l'Évangéliste,
avait été choisi pour fète patronale de Genazzano. C'était
d'ailleurs à cette époque qu'avaient lieu, autrefois, les
fètes païennes ; l'Église les avait changées en fètes reli-
gieuses.

Genazzano.

les regards cherchent d'où peut venir cette
angélique mélodie, quand on aperçoit un
beau nuage blanc, tout rayonnant d'une
éclatante lumière. Il s'avance sur Genazzano, descend sur l'église de Sainte-
Marie, et s'en va comme envelopper le
mur inachevé de la chapelle bâtie par
Petruccia. Bientôt le nuage s'évanouit et
laisse voir un objet d'une ravissante
beauté. C'est une image de Notre-Dame
tenant l'Enfant Jésus, et se penchant doucement vers lui, comme pour recevoir ses
divines caresses. En même temps, les
cloches de toutes les églises de Genazzano
se mettent spontanément en branle, et
saluent de leurs joyeuses volées l'arrivée
de la Reine du ciel. Il est plus facile de
s'imaginer que de décrire l'impression pro-
duite sur la foule par l'apparition de cette

miraculeuse image, qui semblait être descendue du ciel, et restait suspendue au
mur par une main invisible [1]. « Les
princes de la maison de Colonna, les capi-
taines de leurs troupes, les grands de la
ville, les Pères Augustins, le clergé sécu-
lier, tous s'assemblèrent pour admirer le
prodige. Pendant la nuit entière, une im-
mense multitude resta agenouillée en présence de ce saint trésor, remplie des
sentiments les plus vifs d'amour et de gra-
titude envers la vierge Mère du Bon Conseil, qui avait ainsi honoré leur pays [2]. »

[1] Le martyrologe des Augustins fait, au 26 avril, mention en ces termes de la miraculeuse apparition de
Genazzano : « Dans la ville de Genestan, diocèse de Pré-
neste, fête de la sainte image de la bienheureuse Vierge
Marie, dite du Bon Conseil, qui apparut miraculeusement
dans une église de notre ordre, sous le pontificat de
Paul II, et qui est en grande vénération à cause de la
grandeur et de l'éclat de ses miracles. » (*Petits Bolland.*,
26 avril.)

[2] *La Vierge Mère du Bon Conseil*, chap. v, n. 7.

Le bruit du prodige se répandit bientôt

Marie mère du Bon Conseil. — Saint Alphonse de Liguori. —
Le vénérable G. Bellesmi, des Ermites de Saint-Augustin.
— Petruccia, veuve de Jean de Nocera.

dans les environs et jusqu'à Rome. On
accourait de toute part, et des grâces signa-

lées, des miracles sansnombre répondaient
à la dévotion des pèlerins [1]. Les offrandes
abondaient, et bientôt Petruccia put ache-
ver l'œuvre de restauration qu'elle avait si
généreusement entreprise.

§ II. — La merveilleuse translation

Les habitants de Genazzano avaient vu
la belle et pieuse image de Marie des-

---

[1] On dressa dès ce moment un registre des principaux
miracles qui s'opéraient journellement devant la prodi-
gieuse et ravissante image. L'original est détruit ; mais
une copie faite par un pieux pèlerin à la fin du
xve siècle, peu de temps, par conséquent, après l'apparition, a été conservée. Cette copie fut soumise, sous
Pie VI, à la demande de la Sacrée Congrégation des
Rites, à un examen critique, et reconnue authentique.
Elle relate jour par jour, depuis le 27 avril 1467 jusqu'au
14 août de la même année, les nombreux miracles qui
se sont opérés au sanctuaire de Genazzano. On peut en
lire la description dans les savants ouvrages qui ont été
composés sur l'image miraculeuse de Notre-Dame du
Bon Conseil (*La Vierge Mère du Bon Conseil*, chap. ix,
n. 22).

Ruines de l'église de Scutari. — Le chiffre 1 désigne l'endroit où se trouve la niche
occupée autrefois par l'image miraculeuse.

cendre vers eux, enveloppée d'un nuage
tout éclatant de lumière; ils crurent assez
naturellement qu'elle leur venait du ciel,
et l'appelèrent la *Madone du Paradis*. Mais,
au bout de quelques jours, deux étrangers
arrivent avec des pèlerins de Rome, et
reconnaissent la miraculeuse image. Ils
font en même temps connaître son origine
et sa merveilleuse translation de Scutari
jusqu'aux portes de Rome, où elle s'était
dérobée à leurs regards.

Scutari est une ville d'Albanie, qui, vers
le milieu du xv⁰ siècle, faisait partie des
terres du célèbre héros chrétien Scanderbeg. Non loin des murs de la ville, s'élevait
une église dans laquelle on vénérait, depuis
deux siècles, une image de la sainte Vierge,
qui, d'après une traduction constante
et encore en vigueur aujourd'hui, avait

été miraculeusement apportée de l'Orient.
On la regardait comme la sauvegarde du
pays menacé par l'invasion, toujours de plus
en plus pressante, des musulmans. Scanderbeg puisa dans de ferventes prières aux
pieds de cette image le secret de vingt
années de victoires, pendant lesquelles il
tint en échec toutes les forces des infidèles
liguées contre lui, et mérita d'être appelé
le « rempart de la chrétienté ». Mais, à sa
mort, qui arriva le 17 janvier 1467, il était
facile de prévoir que les chrétiens allaient
succomber sous les efforts des barbares.
Dans ces tristes conjonctures, un grand
nombre d'Albanais passèrent en Italie,
aimant mieux s'expatrier que de s'exposer
à perdre la foi avec la liberté. D'autres se
préparaient chaque jour à suivre cet
exemple. De ce nombre étaient deux habi-

tants de Scutari, l'un, le plus jeune, nommé Georgio, l'autre, un peu plus âgé, du nom de Sclavis. Ils avaient tous les deux une si grande dévotion pour l'image miraculeuse, vénérée par tout le peuple dans l'église de l'Annonciation, aux portes de la ville, que la seule pensée de l'abandonner aux profanations des infidèles leur était plus pénible que l'exil. Ils ne pouvaient se résoudre à quitter leur chère Madone, cette belle et douce image qu'ils avaient honorée avec tant d'amour depuis leur enfance. La très sainte Vierge récompensa leur fidélité. Elle leur fit connaître, en songe, qu'ils devaient se préparer à sortir de ce malheureux pays, et à la suivre elle-même partout où elle irait.

Les émigrants retournèrent donc le lendemain à l'église, tout prêts à quitter l'Albanie. Ils s'étaient agenouillés pour la dernière fois dans le petit sanctuaire de Scutari, devant la belle image, quand soudain celle-ci commence à se détacher du mur. Elle quitte l'endroit où elle était venue se placer deux siècles auparavant, s'élève en l'air au milieu de l'église. Un nuage blanc l'enveloppe sans la dérober complètement à leurs yeux. Elle se dirige vers la porte, sort, puis s'élevant, légèrement, s'éloigne doucement. Les pèlerins peuvent la suivre facilement, s'avançant vers l'Adriatique, qui n'est éloignée de Scutari que de quatre milles environ. Ils atteignent bientôt le rivage, et comme le nuage blanc s'avance sur la mer, ils marchent à sa suite, confiants en Dieu et en la protection de Marie. Animés d'une foi plus grande que les Hébreux sortant de l'Égypte, ils marchèrent non pas entre les eaux miraculeusement divisées pour leur livrer passage, mais sur les flots affermis sous leurs pas. Les vagues leur paraissaient dures comme la terre ferme ; les ondes étaient devenues pour eux comme le diamant. Ils atteignirent ainsi, à la suite de la sainte image, les côtes de l'Italie. Quand la nuit arriva, le nuage blanc qui couvrait son ombre pendant le jour s'illumina ; il les guida, comme autrefois la colonne de feu avait dirigé les Hébreux dans le désert. Ils franchirent de la sorte montagnes, rivières et vallées, jusqu'à ce que la large campagne romaine s'ouvrît devant eux, et leur permît d'apercevoir dans le lointain les tours et les dômes de la Ville Éternelle. Le nuage s'avança jusqu'aux portes de Rome ; mais alors, comme

l'étoile qui avait conduit les mages, il dis-
parut tout à coup, les laissant dans une
inexprimable tristesse. Ils cherchèrent
vainement dans toutes les églises de la
ville, ils visitèrent inutilement toutes les
rues. A cette époque, un grand nombre de
leurs compatriotes, fuyant à l'approche
des infidèles, s'étaient réfugiés en Italie et
à Rome. Ils prirent auprès d'eux des ren-
seignements ; mais on ne pouvait les satis-
faire ni ajouter foi à leur étrange histoire.
Comme autrefois Marie elle-même, après
la perte de son Fils et de son Dieu, resté à
son insu à Jérusalem, ils étaient inconso-
lables. Au risque de passer pour des insensés, ils continuèrent de rechercher leur
gracieuse image avec le nuage blanc qui
les avaient si miraculeusement guidés.

Sur ces entrefaites parvint à Rome la

Conduits par l'esprit de Dieu, et sûrs de la protection de
Marie, les pèlerins s'avancèrent sur les ondes, qui
s'affermirent sous leurs pieds.

nouvelle de l'apparition d'une image de
la très sainte Vierge, qui était venue s'at-
tacher au mur inachevé d'une église
de Genazzano. On racontait qu'elle était
arrivée enveloppée d'un nuage blanc tout
étincelant de lumière, qu'une angélique
mélodie s'était fait entendre, que cette
image était restée suspendue sans aucun
support naturel, que les foules se pressaient autour d'elle, et que d'innombrables
guérisons s'opéraient à ses pieds, le peuple
romain suivit l'entraînement général et se
porta en foule à Genazzano. Les deux Albanais se hâtèrent également de s'y rendre.
Quel ne fut pas leur bonheur quand, au-
dessus de milliers de fidèles prosternés,
au milieu de fleurs et de cierges allumés,
ils reconnurent leur image bien-aimée, que
des ouvriers travaillaient à recouvrir d'un

magnifique dais en marbre [1]. Ils ne voulurent plus désormais la quitter, et s'établirent à Genazzano. La famille du plus jeune s'est perpétuée jusqu'à nos jours et compte de nombreux représentants. Celle de Sclavis s'est éteinte à la fin du siècle dernier.

§ III. — LE JUGEMENT DE L'ÉGLISE SUR L'IMAGE MIRACULEUSE

Les habitants de Genazzano avaient accueilli avec une certaine froideur le

[1] Mgr DILLON, *La Vierge Mère du Bon Conseil*, chap. VII, nn. — 9-12. Benoît XIV, dans le bref par lequel il approuve la *Pieuse Union* de prières établie à Genazzano, résume ainsi en quelques mots cette merveilleuse translation : « In oppido Genazzano dicto, diœcesis Prænestinæ, reperitur capella, in qua colitur effigies, sive Imago ejusdem Immaculatæ Virginis Mariæ de Bono Consilio, *sicut pia fert traditio per angelorum ministerium ex Scodra civitate illuc olim translata.* » (*Injunctæ nobis.*)

récit des pèlerins albanais. Ils aimaient
à croire que l'apparition était descendue
du ciel et, malgré l'évidence du témoi-
gnage des deux étrangers, ils continuèrent
pendant longtemps de désigner la sainte
image sous le nom de *Madone du Paradis*.

Paul II, vénitien de naissance, occupait
alors la chaire de saint Pierre. Ami de
Scanderbeg, comme son prédécesseur, il
l'avait soutenu de ses encouragements et
de son argent; il connaissait certainement
la dévotion du héros chrétien à l'image
miraculeuse de Scutari. Cette nouvelle
translation n'était-elle pas un présage de
malheur pour le pays qu'elle venait de
quitter ? n'annonçait-elle pas de nouveaux
dangers pour l'Église du côté des infidèles ?

Le pape se préoccupa donc de l'événe-

ment, et voulut en vérifier l'exactitude
par une enquête canonique. Il députa à
cette fin deux prélats à Genazzano, Gau-
cher de Forcalquier, évêque de Gap, en
Dauphiné, et Nicolas a Crucibus, évêque
de l'île Fara, aujourd'hui Lésina. Ce dernier était voisin de Scutari, puisque l'île
de Lésina est située près des côtes de la
Dalmatie. Il connaissait parfaitement l'histoire, la langue et les usages des Albanais.
Il avait probablement lui-même visité le
célèbre sanctuaire de Notre-Dame[1]. Le
résultat de cette enquête fut favorable; car
l'autorité ecclésiastique n'a pas cessé,

[1] Il y a aux archives du Vatican un Codex contenant
la liste des dépenses faites par la Curie sous le règne de
Paul II. On y trouve mention d'une somme accordée à
l'évêque de Fara (Lésina), le 14 juillet 1467, pour couvrir
les frais d'une enquête faite à Genazzano au nom du
Souverain Pontife (*La Vierge Mère du Bon Conseil*,
page 419).

depuis cette époque, d'encourager la dévotion des peuples à la sainte image. Le savant Canisio, d'abord chanoine de Saint-Laurent-*in-Damaso*, puis évêque de Castro, dans la *Vie de Paul II*, écrite à la fin du xvᵉ siècle, par conséquent peu de temps après l'apparition, fait mention des miracles qui s'opéraient à Genazzano, devant une image de la Bienheureuse Vierge Marie et de l'enquête qu'ordonna à ce sujet le Souverain Pontife [1].

Quatorze ans après l'événement, en 1481, le Général des Augustins, Ambroise Coriolano, dans un ouvrage composé pour la

[1] Voici les paroles textuelles de Canisio : « Sub id tempus apud oppidum Jenesani, Prænestina diœcesi situm, ex Imagine Beatæ Mariæ Virginis cumplurima et admiranda miracula Deus effecit, ad cujus quidem rei examinationem Gaucerium Vapicensis Ecclesiæ præsulem, et Nicolaum Farensis ecclesiæ Antistitem (Summus Pontifex Paulus II) destinavit. »

défense de son Ordre, rapporte la sainteté
de la pieuse veuve Petruccia, ses tentatives infructueuses pour la restauration
du sanctuaire de Marie, sa prophétie, et
enfin l'accomplissement de cette prophétie
par l'arrivée de la miraculeuse image [1].

Les Souverains Pontifes, dans les siècles
suivants, témoignèrent bien souvent leur
dévotion à la Vierge Mère du Bon Conseil. Ainsi Sixte IV, successeur immédiat
de Paul II, confirma aux religieux
Augustins le don que Pierre Colonna

---

[1] On peut encore citer comme témoignages très
anciens deux inscriptions, que les archéologues font
remonter à la fin du xvᵉ siècle. L'une d'elles est placée
dans la chapelle de la Madone et est ainsi conçue: *Divi-
nitus apparuit hæc imago* A. D. M. MCCCCLXVII. XXV.
Aprilis. Cette image est apparue miraculeusement, le
25 avril 1467. L'autre se trouve au-dessus du portail de
l'église ; on y lit: L'an 1467, jour de la fête de saint Marc,
à l'heure des vêpres, l'image de Marie Mère de Dieu que
vous vénérez dans la chapelle de marbre de ce temple
regarda ici d'en haut : *ex alto prospexit.*

leur avait fait de l'église où était apparue
l'image de Notre-Dame. Il leur accorda
de plus, à Rome, l'église de Sainte-Marie-
du-Peuple, tandis que son ami, le cardinal d'Estouteville, faisait restaurer celle
de Saint-Augustin[1]. Saint Pie V, confiant
dans la protection de la Vierge Mère, qui
autrefois avait, par le bras de Scanderbeg,
arrêté si longtemps la fureur des musulmans, choisit, pour commander sa flotte
dans la célèbre expédition de Lépante,
Marc-Antoine Colonna, seigneur de Genazzano. Les chrétiens, grâce à la protec-

[1] Ces faveurs avaient pour cause la dévotion du Pape
et du cardinal à la Madone de Genazzano; c'est ce qui
résulte des paroles suivantes : « Hoc miraculo (l'apparition de l'image miraculeuse à Genazzano) commoti Six-
tus IV, et cardinalis Guillelmus d'Estouteville, Gallus,
certatim, Ordini Eremitarum Sancti Augustini addicti,
duas in urbe Roma ecclesias eidem Ordini erigendas
deliberant eisque liberalem manum apponunt. » (*Monas-
ticum Augustinianum*. c. xxix.)

tion de Marie, qu'on avait invoquée, de
toute part, principalement par la récitation
du saint Rosaire, firent éprouver aux
Turcs un désastre irrémédiable (7 oc-
tobre 1571). Des drapeaux ennemis et
même des morceaux de vaisseaux donnés
par Marc-Antoine ornèrent longtemps
le sanctuaire de la Mère du Bon Conseil.

Au commencement du siècle suivant,
Urbain VIII vint à Genazzano implorer
la très sainte Vierge pour la cessation de
la peste qui ravageait alors l'Italie. Il fut
reçu solennellement par le seigneur de la
ville, un membre de la famille Colonna,
qui lui adressa ces paroles: « La Reine du
ciel et de la terre, la Mère de Dieu, a
voulu être honorée en ces lieux. L'image
qu'on y vénère n'a pas été peinte par le

pinceau d'un mortel, elle n'a pas non plus
été apportée par la main des hommes,
mais elle est, comme on le pense, l'œuvre
d'un artiste céleste. On l'a vue subite-
ment apparaître dans ce temple, de sorte
que le Latium n'a rien à envier à Lorette [1]. » Le secrétaire du duc Francesco
Cerucchio, dans le récit de ce pèlerinage,
parle en ces termes de la sainte image:
« Sa Sainteté désira faire ce voyage,
poussée par sa dévotion, et par le désir
de voir de ses propres yeux cette célèbre
image de la très sainte Vierge, qui, par un
miracle éclatant, se transporta d'une con-
trée éloignée à Genazzano, et renouvela

[1] Cœlitum hominumque Regina ac Dei Mater coli huc
se voluit, non mortalium manibus huc advecta, non
hominum pennicillo picta ; sed repente in templo cons-
pecta, ac cœlesti, ut creditur, artificio fabrefacta, ne
scilicet videretur suum Latio deesse Lauretum (*Nuovo
Sommario*, p. 28, n. 6).

ainsi l'événement à jamais mémorable de
la translation, par le ministère des Anges,

Le couronnement de l'Image miraculeuse.

de l'Esclavonie dans la province de Pi-
ceno, le 10 décembre 1294, de la sainte

maison de la Vierge, qui depuis a pris le nom de maison de Lorette[1]. »

A la fin du même siècle, le 17 novembre 1689, Innocent XI fit couronner solennellement la sainte image, voulant ainsi obtenir de la bienheureuse Vierge aide et protection contre les musulmans, qui menaçaient de nouveau l'Église et l'Europe. Il fut exaucé, et les Turcs reçurent, sous les murs de Vienne, une défaite qui brisa leur puissance sur terre, comme la victoire de Lépante l'avait

---

[1] On fait ici allusion à la miraculeuse translation de la maison de la très sainte Vierge, de Nazareth à Tersacte, d'abord sur les côtes orientales de l'Adriatique, le 10 décembre 1291 ; puis trois ans après, de Tersacte dans la forêt de Lorette, en Italie, non loin des rivages de l'Adriatique ; en troisième lieu, de cette forêt sur une colline, couverte maintenant par la ville actuelle de Lorette ; et enfin à une petite distance de là, à l'endroit qu'elle occupe encore aujourd'hui, dans la basilique de Lorette (Voir Bened. XIV, *De Serv. Dei Canoniz.*, libr. IV ; — Millochau : *La sainte Maison de Lorette*).

détruite sur mer. Les Papes Grégoire XIII,
Benoît XIII, Clément XII, etc., enrichirent
successivement le sanctuaire de grands
privilèges. Benoît XIV, afin de promouvoir
de plus en plus la dévotion envers Notre-
dame du Bon Conseil, non seulement en
Italie, mais encore par le monde entier,
donna son approbation à la *Pieuse Union* de
prières, fondée dans l'église de Sainte-
Marie, à Genazzano, et fut heureux de s'inscrire de sa propre main comme premier
membre. Il constate dans un Bref d'approbation la tradition sur l'image miraculeuse
en ces termes [1] : « Dans une chapelle de
l'église de Sainte-Marie, à Genazzano, on
vénère une image de la Vierge immaculée
du Bon Conseil *apportée autrefois, comme
la tradition l'enseigne,* de la ville de Scutari,

[1] *Injuncta Nobis.* 2 juil. 1753.

par le ministère des Anges. » A la fin du
siècle dernier, sous le pontificat de Pie VI,
la Sacrée Congrégation des Rites, après un
mûr examen des preuves qui établissent
la vérité de la miraculeuse apparition de
l'image, autorisa un office et une messe
propres, comme pour la translation de la
sainte maison de Nazareth à Lorette. Voici
l'oraison de la messe : « O Dieu, qui nous
avez donné pour mère la propre Mère de
votre Fils bien-aimé, et qui *avez voulu glo-
rifiersa belle image par une admirable apparition*, faites, nous vous en supplions, que
suivant toujours fidèlement ses inspirations, nous puissions accomplir votre
volonté et parvenir heureusement au
céleste séjour [1]. »

[1] La miraculeuse apparition est également rapportée
dans la vi° Leçon de l'office : « Une des images les plus

Pie IX avait, pour la Vierge Mère du Bon Conseil, une tendre dévotion. Il aimait à garder près de lui sa belle image, et c'était à elle qu'il recourait au milieu des difficultés si grandes de son long pontificat. Léon XIII, le glorieux Pontife régnant, dont la sagesse fait l'admiration de tous, a eu, dès sa jeunesse, une grande dévotion à Notre-Dame du Bon Conseil, et, comme plusieurs de ses prédécesseurs, il a voulu être compté au nombre des membres de la *Pieuse Union* de prières établie au sanctuaire de Genazzano.

On pourrait ajouter ici, comme nouvelle

célèbres de la très sainte Vierge par ses miracles et ses prodiges est celle qui depuis trois siècles est vénérée à Genazzano. Sous le pontificat de Paul II elle apparut miraculeusement sur le mur de l'église des Pères Augustins de cette ville, comme le prouvent des documents pontificaux et des témoignages contemporains (*Brev. Rom. officia pro aliquibus locis*, 26 aprilis).

preuve de la vérité de la translation de la
sainte image de Scutari à Genazzano, non
seulement la tradition constante de l'Italie, mais encore celle de l'Albanie elle-
même. Le souvenir de l'image vénérée
autrefois par leurs ancêtres, à Scutari,
est toujours vivant chez les Albanais. Pendant longtemps, l'ancienne église de l'Annonciation, qui, l'espace de deux cents ans,
avait abrité la miraculeuse Madone, venue,
croyait-on, de l'Orient, est restée debout.
Les Turcs, malgré leurs tentatives plusieurs
fois réitérées, n'avaient pu la transformer
en mosquée, et les chrétiens, autant que le
fanatisme des infidèles le leur permettait,
venaient toujours prier Marie dans son
sanctuaire abandonné. Et bien souvent,
comme le constatent des documents authen-
tiques, la miséricordieuse Vierge se plut à

récompenser leur confiance par des miracles.

Aujourd'hui, l'ancien sanctuaire est presque complètement ruiné. Il n'en reste plus que quelques pans de murs. On garde cependant toujours le souvenir de l'endroit où la sainte image reposa pendant deux siècles, et ces ruines n'ont pas cessé d'être l'objet de la vénération des chrétiens albanais [1].

[1] Msgr Angelo Radoïa, vicaire général de Scutari, écrivait en 1878, sur la tradition albanaise concernant l'image de Notre-Dame du Bon Conseil: « Nous qui sommes les enfants des anciens Albanais, autrefois les glorieux défenseurs de la religion, aussi bien contre les schismatiques que contre les Turcs, nous pouvons affirmer en toute franchise que nous avons entendu dire, non seulement par des prêtres, mais beaucoup plus encore par nos ancêtres, que dans la petite église au pied de la forteresse de Scutari entre les deux rivières, le Drino et la Boïana, il existait une image de Notre-Dame du Bon Conseil, et que, quelques années avant que les Turcs prissent possession de Scutari, elle quitta cette petite église et fut transportée miraculeusement dans une ville étrangère, celle de Genazzano. » (*La Vierge Mère du Bon Conseil*, chap. XXIV, n. 8).

§ IV. — Description de l'image miraculeuse Ses changements d'aspect

Tous ceux qui ont eu la consolation de contempler l'image de la Vierge Mère du Bon Conseil, conservée à Genazzano, ont été frappés de sa beauté toute divine. Elle présente un ensemble ravissant de pureté, de modestie, de simplicité, de douce et maternelle bonté, avec l'empreinte d'une certaine tristesse pleine de calme et de résignation. La Vierge se penche avec amour vers l'Enfant Jésus, qu'elle tient du bras gauche comme appuyé sur ses genoux. L'Enfant, passant la main droite sur les épaules de sa Mère, s'efforce de l'attirer à lui, tandis que sa main gauche s'appuie doucement sur la poitrine en s'attachant

au col brodé de la tunique. Impossible de
décrire tout ce qu'il y a de tendresse et
d'amour dans cette attitude de l'Enfant et
de la Mère. On a essayé de rendre, dans
les nombreuses copies qui ont été faites de
l'original, cette beauté vraiment divine,
sans pouvoir y réussir complètement. La
ressemblance est frappante entre les traits
de Marie et ceux de son divin Enfant. Les
couleurs sont très vives et très fraîches,
bien qu'elles aient de longs siècles d'exis-
tence. C'est une fresque peinte sur une
mince et frêle couche de ciment qui laissa,
comme nous l'avons dit, les murs de l'église
de Scutari, et vint se placer dans celle de
Genazzano, le long d'un mur en construc-
tion, sans avoir jamais été attachée par la
main de l'homme.

La parfaite conservation de cette fragile

image pendant de si longs siècles (comme celle de la maison de Nazareth à Lorette) tient déjà assurément du prodige. Les changements d'aspect qu'on a souvent remarqués dans ses traits ne sont pas moins extraordinaires. Mgr Dillon dit à ce sujet, dans le pieux et savant ouvrage qu'il a composé, il y a quelques années, sur la Vierge miraculeuse de Genazzano : « Quant aux singuliers changements qui ont lieu dans les traits de Notre-Dame, le célèbre général de l'Ordre de Saint-Augustin, François-Xavier Vasquez, qui vécut et écrivit sous le savant Pontife Benoît XIV, s'exprime ainsi dans une lettre latine, écrite à son Ordre à l'occasion de l'approbation de la *Pieuse Union* accordée par le Pape : « Nous avons vu à Genazzano la ravissante image qui, en 1467, y fut apportée de

l'Albanie par les mains des anges : tous
ceux qui la contemplent sont charmés de

L'arrivée de l'Image miraculeuse à Genazzano.

sa grande beauté. Elle paraît tantôt joyeuse,
tantôt triste, tantôt empourprée de teintes

rosées, selon les dispositions du visiteur qui s'en approche. Sa beauté vraiment étonnante est digne du Ciel; c'est pour cela qu'autrefois on l'appelait *Sainte Marie du Paradis* [1]. »

Un chanoine de Rome, qui vivait au siècle dernier, André Bacci, très dévot à la sainte image, fut témoin du même miracle, ainsi que les religieux qui priaient avec lui. Ce prodige, souvent renouvelé, a eu des centaines et même des milliers de témoins, depuis quatre siècles. L'un des plus remarquables est un peintre génois, qui fut chargé, en 1747, de faire pour sa patrie une copie du saint original. Voici quelques extraits d'un document italien signé par lui et par plusieurs autres témoins : « Ce jour, onzième de juin 1747..., le signor Luigi Tosi,

[1] *La Vierge Mère du Bon Conseil*, chap. vi, n. 8.

avec sa connaissance, comme disciple du
célèbre Solimena, des images tant anciennes
que modernes de la très sainte Vierge
Marie, fait observer, atteste et conclut, que
la sainte et miraculeuse image dont il est
question n'appartient ni au style grec, ni
au style gothique, ni à aucun autre style
ancien ou moderne. Il trouve dans tous ses
traits un goût si fin et si exquis qu'il est
nécessaire d'en observer avec soin les
moindres lignes, pour réussir à exécuter
une copie d'une exactitude aussi grande
que l'art et le talent du peintre sont ca-
pables de le faire. C'est pourquoi il a publi-
quement manifesté sa conviction, qu'un
artiste supérieur à l'homme, ou du moins
quelque saint personnage, a dû dessiner et
peindre cette image. Ce qui est d'autant
plus vraisemblable qu'on ne peut discerner

si c'est réellement une peinture, ou bien
plutôt une image imprimée miraculeusement avec des couleurs célestes. Elle est en
effet comme teinte sur une simple couche
de ciment, seul support d'un si grand trésor. » — Il a aussi confessé ingénument
qu'à peine s'était-il placé, vers la dix-neuvième heure du jour, sur l'autel, et s'y était-
il installé de manière à prendre facilement
sa copie, que tout à coup les traits de
l'Enfant et ceux de la Mère parurent si confus qu'il lui fut impossible de les saisir.
Dans cet embarras, il ne savait que faire,
ni comment commencer son travail. Il reçut
alors l'inspiration de se mettre à genoux,
et à peine s'était-il humblement et dévo-
tement prosterné, qu'aussitôt son esprit
s'éclaircit ; l'idée de l'original s'imprima si
bien dans son imagination, qu'il put com-

mencer sa copie, poursuivre son travail pendant deux jours, presque continuellement à genoux, et le mener à bonne fin. — Le même signor Luigi a observé et considéré en notre présence que cette sainte et miraculeuse Vierge change fréquemment d'aspect et de couleur. En effet, vers la dix-neuvième heure, nous tous soussignés étant présents, nous l'avons vue avec un visage joyeux, doux et aimable, mais avec sa pâleur ordinaire. Ensuite, à la vingtième heure, elle changea tout à coup d'aspect et de couleur, apparut aux yeux de tous les témoins avec un air de majesté, et un visage si éclairé, si vermeil et si brillant, que ses joues paraissaient comme deux roses fraîches et empourprées. Ce changement produisit sur tous ceux qui étaient présents une telle impression d'étonnement et

de tendresse que l'un de nous fondit en
larmes ; et son émotion fut si grande qu'il
dut quitter le sanctuaire en pleurant. Le
peintre lui-même, le vertueux signor Luigi,
tout troublé par ce prodige, ne savait plus
distinguer ses couleurs et ses pinceaux
pour continuer son travail. Mais bientôt il
fut rempli d'une joie intérieure et d'un
nouveau courage, quand les Pères lui
eurent dit que, lorsque la Vierge parais-
sait vermeille, brillante et joyeuse, c'était
de bon augure, comme on l'avait souvent
remarqué dans le passé. Encouragé par ces
paroles et tout à coup ranimé par l'aimable
visage de la douce image, il en copia les
lignes si fines et les traits si délicats avec
tant de bonheur que sa copie est, plus
que toutes les autres, semblable au saint
original. — Il observa encore lui-même

plusieurs fois, et avec le plus grand soin,
que lorsque l'image change d'aspect, son
regard et ses yeux changent également ; si
elle paraît contente et sereine, ses yeux
deviennent majestueux et joyeux ; si ses
couleurs sont pâles et ternes, les pupilles
virginales des yeux le sont également; si
le visage est enflammé, brillant et vermeil,
les yeux paraissent plus joyeux, plus
lucides et plus ouverts. Nous soussignés
avons constaté ces prodigieux changements avec un étonnement et un bonheur
que nous ne saurions décrire... — Enfin,
en cette circonstance, on observa de nouveau que... la mince croûte de ciment sur
laquelle on voit la sainte image si bien imprimée et si artistement colorée, n'a derrière elle aucun support, ni quoi que ce
soit pour la soutenir. C'est pourquoi nous

tous, en foi pleine et entière de ce qui a été
dit ci-dessus et fidèlement enregistré,
nous soussignons de notre propre main :
Père MAITRE, *Frère* PANCOTTI, LUIGI TOSI,
ANDRÉ BACCI, *chanoine de Saint-Marc, Frère*
BARTHÉLÉMI, DAGLIO, *provincial des Augustins,* etc. [1]. »

[1] *La Vierge Mère du Bon Conseil*, ch. VI, n. 9. — L'auteur de cet ouvrage parle en ces termes de sa propre
expérience : « Il avait, dit-il, bien des fois vu la sainte
image, et avait appris à l'aimer à cause de la consolation
qu'elle donne à tous. Une fois, pendant qu'il offrait le
saint Sacrifice de la messe pour des âmes en souffrance
auxquelles il s'intéressait beaucoup, et pour d'autres
intentions, il fut très surpris de voir que les traits doux
et pâles de la figure de Notre-Dame devenaient joyeux,
s'illuminaient et se couvraient d'un vif incarnat, ou plutôt prenaient une teinte vermeille. Les yeux s'ouvrirent
et devinrent plus brillants, et cela continua pendant le
reste du saint Sacrifice. Il en éprouva une grande consolation; mais n'ayant jamais encore, à cette époque,
entendu parler de ces changements bien connus dans
l'aspect de Notre-Dame, il prenait ce qu'il avait remarqué pour un effet de son imagination, ou de quelque
reflet de lumière se projetant sur l'image. Il garda donc
la chose pour lui. Mais en lisant, dans le but de compo-
ser cet ouvrage, les historiens italiens anciens et modernes et du sanctuaire, il fut frappé de l'unanimité avec
laquelle tous attestent ces changements. » (*Ibid.* n. 7.)

§ V. — LES COPIES DE L'IMAGE MIRACULEUSE.
— LA PIEUSE UNION. — FAVEURS SPIRI-
TUELLES.

Dès les premiers temps, on essaya de
faire par la peinture des copies aussi
parfaites que possible de l'original, sans
pouvoir arriver jamais à la reproduire avec
une complète ressemblance. Quelques-
unes de ces copies cependant sont remarquables, et peuvent donner une idée de la
beauté de la miraculeuse image. La Vierge
Marie a daigné plus d'une fois opérer par
leur intermédiaire les grâces qu'elle a cou-
tume d'accorder à ceux qui se rendent à
Genazzano. On a remarqué, d'ailleurs,
que ces copies sont d'autant plus efficaces
qu'elles reproduisent plus parfaitement la

La Madone du Bon Conseil, ou la Madone des papes.

céleste beauté de l'original. Les plus célèbres et les plus miraculeuses sont celles
de Modène, de Gênes, de Prague, de Madrid, Saint Louis de Gonzague allait souvent prier devant cette dernière, pendant
qu'il était à Madrid à la cour de Philippe II ;
près d'elle il trouva lumière et conseil pour
résister aux entraînements du monde et
s'affermir dans sa vocation [1].

La dévotion à la Vierge Mère du Bon
Conseil est très répandue à Rome, à Naples.
dans les différentes provinces de l'Italie,

[1] « La copie de l'église de Madrid est celle qui, entre
autres prodiges, parla à l'angélique adolescent saint
Louis de Gonzague. Le fait est très authentique, comme
on peut le voir dans la vie de ce jeune homme, modèle
de piété et de sagesse... Louis trouva force et courage
dans ses prières ardentes devant la copie de la fameuse
Madone de Genazzano. Notre-Dame aimait la belle âme
de cet innocent jeune homme... De ce tableau elle lui
parla à différentes reprises, le fortifiant dans ses peines,
le confirmant dans sa vocation, et lui donnant, dit-on,
des milliers de preuves de sa maternelle tendresse. »
(Mgr Gillon, La Vierge Mère..., chap. x, n 9.)

particulièrement dans la Calabre, où l'on trouve une copie de la sainte image dans presque toutes les maisons, et souvent avec une lampe qui brûle nuit et jour en son honneur. Saint Alphonse de Liguori l'avait ordinairement sur son bureau, quand il composait ses pieux ouvrages à la gloire de Notre-Seigneur et de sa bienheureuse Mère. Le pape Pie IX la gardait aussi dans son cabinet de travail; il la fit, de plus, placer dans la chapelle Pauline, où le Souverain Pontife régnant, Léon XIII, vient souvent la vénérer [1].

Comme l'expérience a souvent démontré que la sainte Vierge n'accorde pas seulement ses grâces à ceux qui viennent à Genazzano se prosterner devant l'image qui lui plaît tant, mais encore à ceux qui

[1] Mgr Dillon, *La Vierge-Mère...*, chap. xi, n. 11.

la vénèrent dans d'autres églises, ou qui la
gardent chez eux avec honneur, on a fondé
au siècle dernier, à Genazzano, une association de prières sous le nom de PIEUSE
UNION, Benoît XIV, par un Bref en date
du 2 juillet 1753, lui donna son approbation et voulut le premier inscrire de sa
propre main son nom sur le registre de
l'association. A la fin du siècle, elle comp-
tait plus de cent quatre-vingt-dix mille
membres. Les malheurs des temps dimi-
nuèrent ce zèle au commencement de notre
siècle ; mais cette *Pieuse Union* a repris de
nouveaux développements. Elle s'est répandue dans toute l'Europe, et même en
Amérique. Elle compte parmi ses membres
plusieurs papes, Pie VIII, Pie IX, et le Souverain Pontife actuel Léon XIII.

Le but de cette union est d'encourager le

culte de la bienheureuse vierge Marie,
Mère de Dieu, de l'honorer spécialement
dans son titre de Mère du Bon Conseil, par
le moyen de l'image qu'elle a si miraculeusement placée dans l'église de Genazzano,
et qu'elle y conserve d'une façon non moins
extraordinaire. Aussi les associés, outre
l'inscription de leurs noms dans le registre
de l'association, doivent-ils avoir en leur
possession, et autant que possible exposée
aux regards dans leurs appartements, une
copie du céleste original. La vue de cette
touchante représentation de la Vierge Mère
et de son Enfant sera pour eux l'occasion
de beaucoup de grâces et de pieux sentiments. En regardant souvent l'Enfant et la
Mère, ils seront portés à les aimer tous
deux, toujours de plus en plus[1].

[1] « Ce simple acte de regarder une image de Notre-

Ils doivent, en outre, dire tous les jours trois fois l'*Ave Maria* en l'honneur de la bienheureuse Vierge à l'intention des Associés, et chaque année faire dire ou célébrer aux mêmes intentions une messe. Ils pourront remplacer cette dernière œuvre par la communion, s'ils ne peuvent pas faire célébrer la sainte messe [1]. En remplissant ces conditions, ils auront part

Dame avec amour et révérence peut paraître bien peu de chose, mais il est grand dans ses résultats pour le bien... Cette image de Marie avec son divin Enfant, le Verbe incarné, est si touchante dans sa tendresse, si bénigne, en même temps si divine et si remplie d'humaine et maternelle douceur, qu'on ne peut la contempler sans se sentir ému... » (*Ibid.*, ch. XVIII, n. 19.)

[1] Cette *Pieuse Union* n'est point une confrérie, c'est une simple association de prières approuvée et encouragée par le Souverain Pontife. Pour jouir de tous les privilèges qui y sont attachés, il suffit de se faire inscrire dans le registre des associés en envoyant son nom au Prieur des Augustins de Genazzano, de réciter, comme nous l'avons dit, chaque jour trois *Ave Maria*, de célébrer ou de faire célébrer chaque année une messe pour les associés, ou, si on ne le peut pas, d'y suppléer par une communion faite à la même intention.

au trésor spirituel de la *Pieuse Union ;* ils
se mettront tout spécialement sous la protection de Celle que l'Église appelle le
Trône de la sagesse, *Sedes sapientiæ ;* ils
mériteront, par la direction de son conseil,
d'éviter les embûches de Satan, et d'or-
donner sûrement leur vie vers le terme de
l'éternelle béatitude. C'est la grâce qui est
demandée dans l'oraison de l'office spécial
de la Vierge Mère du Bon Conseil : *O Dieu !
qui nous avez donné pour mère la propre
Mère de votre Fils bien-aimé, et qui avez daigné glorifier sa belle image par une miraculeuse apparition, faites, nous vous en supplions, qu'en suivant attentivement sa direction, nous puissions vivre selon les sentiments
de votre cœur et parvenir heureusement à la
céleste patrie* [1].

[1] Comme les religieux de Genazzano sont aujourd'hui

Voici la liste des indulgences accordées aux Associés de la *Pieuse Union*, par Benoît XIV et d'autres Pontifes, et confirmées par un décret de la Sacrée Congrégation des Indulgences, en date du 25 juin 1875.

dépouillés des revenus qu'ils possédaient autrefois, ils ont eu recours à la charité des fidèles, afin de se procurer les ressources nécessaires à l'entretien et à l'embellissement du sanctuaire que la Vierge Marie a choisi, il y a plus de quatre siècles, pour abriter sa belle image. Voici les nouveaux avantages spirituels qui sont accordés à ceux des associés de la *Pieuse Union* qui versent trois francs chaque année, ou au moins vingt francs une fois pour toutes :

1° Chaque année, 100 messes seront célébrées pour les associés vivants ; chaque mois, on fera pour eux un triduum et l'on chantera une messe ;

2° Chaque année, 100 autres messes seront célébrées pour les associés défunts ; tous les mois on fera un triduum et l'on chantera une messe pour le repos de leurs âmes ;

3° Des prières spéciales sont faites pour eux : un *Salve Regina* chanté chaque soir devant l'image sacrée après les litanies, et plusieurs messes célébrées pendant l'année ;

4° A la nouvelle de la mort de l'un des associés, plusieurs messes sont spécialement célébrées à son intention (Mgr Dillon, *La Vierge Mère*, chap. xviii, n. 16).

1° Une indulgence plénière le jour de l'inscription, ou le dimanche suivant, ou la fête la plus rapprochée, à condition de recevoir les sacrements de Pénitence et d'Eucharistie ;

2° Une indulgence plénière applicable aux âmes du Purgatoire aux fêtes de l'Immaculée-Conception, de la Nativité, de l'Annonciation, de la Purification et de l'Assomption de la Bienheureuse Vierge, et quatre samedis de l'année au choix de chaque associé, pourvu qu'on s'approche des sacrements de Pénitence et d'Eucharistie, que l'on visite une église, et que l'on prie aux intentions du Souverain Pontife ;

3° Une indulgence plénière à l'heure de la mort en invoquant, au moins de cœur, les saints noms de Jésus et de Marie ;

4° Une indulgence de sept ans et de sept quarantaines applicable aux âmes du Purgatoire, aux fêtes de la Visitation et de la Purification de la sainte Vierge, en visitant une église et en y priant aux intentions du Souverain Pontife ;

5° Une indulgence plénière applicable aux associés défunts, le jour que l'on célèbrera ou que l'on fera célébrer la messe prescrite, ou qu'on y suppléera par la communion, pourvu que l'on visite une église et que l'on y prie aux intentions du Souverain Pontife ;

6° Une indulgence plénière applicable aux âmes du Purgatoire, pour tous les associés, en quelque lieu qu'ils se trouvent, le 26 avril, ou bien un autre jour où, avec la permission de l'autorité légitime, on célébrera la fête de Notre-Dame du Bon Conseil, pourvu que cinq fois au moins ils aient assisté à la neuvaine publique ou aux trois jours du triduum, qu'ils visitent une église et y prient aux intentions du Souverain Pontife ;

7° Une indulgence plénière applicable aux âmes du Purgatoire pour tous les associés qui résident dans des lieux où l'on ne fait ni la neuvaine ni le triduum, s'ils font l'une ou l'autre en particulier, et si, le 26 avril, ils s'approchent des sacrements de Pénitence et d'Eucharistie, visitent l'église paroissiale ou la principale église dédiée à la sainte Vierge, et y prient aux intentions du Souverain Pontife;

8° Une indulgence de sept ans et de sept quarantaines, applicable aux âmes du Purgatoire, chaque fois que les associés assisteront à la neuvaine ou au triduum, ou feront ces exercices en particulier ;

9° Une indulgence plénière applicable aux associés défunts si, après s'être confessé et avoir communié, on assiste à la messe qui se célèbre chaque année à l'autel du sanctuaire, pour tous les associés, un jour de l'octave de l'Apparition.

10° Une indulgence plénière applicable aux associés défunts, si l'un des neuf jours, à partir du 25 avril inclusivement. on a assisté à la neuvaine qui se fait à Genazzano pour les associés, et, chacun des autres jours de la neuvaine, une indulgence de sept ans et de sept quarantaines, pourvu qu'on s'approche des sacrements de Pénitence et d'Eucharistie, et que l'on prie aux intentions du Souverain Pontife ;

11° Une indulgence de soixante jours chaque fois que l'on suivra une procession, que l'on accompagnera le Saint Sacrement porté aux malades, que l'on assistera à une sépulture, que l'on récitera cinq *Pater* et cinq *Ave* pour

les défunts, que l'on exercera une œuvre de
piété, de charité, de miséricorde, et d'autres
œuvres semblables ;

12° Chacun des associés participera aux nombreuses œuvres de piété qui s'accomplissent
dans le sanctuaire de Genazzano.

Toutes ces indulgences et faveurs spirituelles
résultent des Brefs d'érection, des lettres apos-
toliques, et d'un décret de la Sacrée Congrégation des Indulgences.

Die 25 *junii* 1875, *Sacra Congregatio Indul-
gentiis sacrisque Reliquiis præposita præsens
summarium uti authenticum recognovit typisque
imprimi ac publicari posse censuit. In quorum
fidem... Datum Romæ ex Secretaria ejusdem
Sacræ Congregationis* [1].

J. CARD. FERRIERI, PRÆF.

---

[1] *Rescripta authentica S. Congregationis... quæ collegit*
JOSEPHUS SCHNEIDER, S. J., page 583.

§ VI. — LE SCAPULAIRE

Sur la demande du Directeur général de la *Pieuse Union*, le Souverain Pontife Léon XIII a daigné accorder la faveur d'un scapulaire en l'honneur de Notre-Dame du Bon Conseil.

Par un décret de la Sacrée Congrégation des Rites, en date du 21 janvier 1894, pouvoir a été accordé *in perpetum* à l'Ordre de Saint-Augustin, de bénir le scapulaire de Notre-Dame du Bon Conseil et d'en revêtir les fidèles selon la formule prescrite[1]. Léon XIII lui-même a voulu le recevoir des mains de Mgr Pifferi, son confesseur.

[1] Ce pouvoir peut être délégué.

Ce scapulaire porte, d'un côté, une copie de l'image de Marie vénérée à Genazzano, pour nous inviter à aimer tendrement la Mère de Dieu, et à lui demander lumière et conseil dans toutes les difficultés de la vie, selon la parole de saint Bernard : *In rebus dubiis, Mariam cogita, Mariam invoca.* De l'autre côté du même scapulaire sont imprimées les armes des Pontifes romains, c'est-à-dire la tiare et les clefs, avec ces paroles en latin ou en langue vulgaire : *Fili, acquiesce consiliis ejus: mon fils, suivez ses conseils* [1]. C'est une invitation à suivre avec docilité les inspirations de notre céleste conseillère, et en

---

[1] Ces paroles ont été choisies par Léon XIII lui-même ; c'est un texte de la Genèse appliqué aux aspirations de Notre-Dame *du Bon Conseil*, et à la direction donnée par les Pontifes romains aux affaires de l'Église (*Fili mi acquiesce consiliis meis*, Gen., xxvii, 8).

même temps à obéir parfaitement au vicaire de Jésus-Christ.

Voici la liste des indulgences que peuvent gagner les fidèles qui portent le scapulaire de Notre-Dame du *Bon Conseil*.

Indulgences plénières. — Les fidèles des deux sexes peuvent gagner une indulgence plénière applicable aux âmes du purgatoire, pourvu qu'ils se soient confessés, et qu'ils aient reçu le sainte communion : 1° le jour de la réception du scapulaire, ou bien le dimanche ou la fête qui suit immédiatement ce jour ; 2° le 26 avril, ou un jour de l'octave de la fête de Notre-Dame du Bon Conseil ; 3° au moment de la mort, après s'être confessés et avoir communié et en invoquant de cœur, s'ils ne peuvent plus le faire des lèvres, le saint nom de Jésus ; 4° aux fêtes de l'Immaculée Conception, de la Nativité, de l'Annonciation, de la Purification et de l'Assomption de la sainte Vierge, ainsi que le jour

de la fête de saint Augustin, évêque, confesseur
et docteur de l'Église.

Indulgences partielles. — Les fidèles des deux
sexes peuvent gagner une indulgence de sept
années et de sept quarantaines, applicable aussi
aux âmes du Purgatoire, aux fêtes de la Présentation et de la Visitation de la sainte Vierge, en
visitant une église ou une chapelle publique, où
ils prient pendant quelque temps suivant les
intentions du Souverain Pontife. Cent jours
d'indulgence chaque fois qu'ils invoqueront
de bouche ou de cœur Notre-Dame du Bon
Conseil. Cent jours chaque fois qu'ils feront
d'un cœur contrit quelque bonne œuvre pour
obtenir la conversion des pécheurs (Extrait de
l'opuscule *Le scapulaire de Notre-Dame du Bon
Conseil*, publié à l'Imprimerie du Vatican,
1894.)

§ VII. — LE SANCTUAIRE DE NOTRE-DAME DU BON CONSEIL

Ce qui frappe, dès l'entrée, c'est la richesse du maître-autel, du pavé et de la balustrade. La voûte, dorée d'un bout à l'autre, retient agréablement les yeux. Au-dessus du maître-autel, à gauche, on admire une figure représentant l'Immaculée-Conception ; au milieu, sur un panneau mobile, David en extase, chantant sur la harpe les louanges de Dieu ; à droite, trois autres tableaux de larges dimensions. On voit, dans le premier, la sainte Vierge assise sur un trône avec l'Enfant entre ses bras ; à leurs pieds, sainte Monique et saint Augustin re-

çoivent la ceinture. Le second représente
la scène de la Visitation : sainte Élisabeth
accueille sa cousine; derrière, saint Joseph
et saint Zacharie se saluent gravement, et,
au dessus, deux jeunes femmes sont
témoins de la réception. Le troisième tra-
duit encore une page de l'Évangile, l'Annonciation. En annonçant à Marie l'étonnante nouvelle, l'archange Gabriel lui
remet le lis de la pureté, tandis que saint
Michel lui présente le sceptre. Ces trois
chefs-d'œuvre sont dus à Virginio Monti

En suivant le passage autour du maître-
autel, on s'arrête devant trois peintures
ravissantes : la Naissance de la sainte
Vierge, sa Présentation au Temple, saint
Augustin chassant les hérétiques. Avant
de s'éloigner de cet endroit, il ne faut
pas oublier d'examiner la balustrade en

marbre du grand autel, travail d'une
valeur artistique réelle. Puis, la voûte de
la nef saisit le regard et le fixe dans ses
magnificences. Voyez, près des lunettes
douze femmes peintes en fresque ; ce sont
Esther, Judith, Bethsabée, Débora, Jahel,
Rachel, Sara, Rebecca, Marie, Ruth, Jo-
saba, Abigaïl. A l'extrémité de cette voûte,
au-dessus de la principale entrée de
l'église, le professeur Lugi Fontana a placé
le Couronnement de la sainte Vierge. Assis
sur l'orbe du monde, le Père Éternel
ordonne de mettre le diadème sur le front
de sa Fille. Notre-Seigneur obéit. Des ché-
rubins, des séraphins sont là, fiers et heureux. Dans le lointain, apparaissent Adam
et Ève, des patriarches, des prophètes, les
premiers martyrs de l'Église, des confes-
seurs, des évêques, des vierges, saint Jo-

seph, saint Jean-Baptiste, etc. Enfin, un
cercle de gracieux petits anges complète
le tout.

Dans les triangles des arcs, sous la cor-
niche, correspondant aux personnages
symboliques de l'Ancien Testament, on a
peint douze enfants d'un aspect angélique.

Mais le vrai chef-d'œuvre de l'église,
c'est la grande fresque au-dessus de la
porte d'entrée ; elle représente l'arrivée de
la sainte image. La situation de la ville est
admirablement rendue. On voit aussi que
le peintre a étudié dans tous leurs détails
les mœurs et les costumes des Italiens du
xv° siécle. L'histoire de l'événement ne
laisse rien à désirer. L'église de Petruccia,
qui forme le point principal de la scène,
est inachevée ; les degrés sont complets,
deux colonnes neuves, faites pour le

regard, se dressent à côté. Impossible de
se tromper sur l'époque où éclata le prodige; on la reconnaît à la vue de plusieurs
personnages qui rappellent l'état féodal,
de Genazzano, et les costumes de ses sei-
gneurs et de son peuple. Ainsi, le prince
Colonna est représenté revenant de la
chasse, accompagné de sa femme et de son
fils. Foule nombreuse sur le champ de
foire. Le bourgmestre, villageois aux
allures grossières, y étale son plus riche
costume. Vendeurs, acheteurs, curieux,
tout y est. La sainte image, entourée
d'anges et d'esprits célestes, domine ces
groupes variés. Sur la plate-forme de
l'église inachevée, Petruccia est à genoux,
suppliante, les mains levées au ciel, et, à
côté, plusieurs religieux Augustins. Le
pieux regard de la sainte Tertiaire et la

contenance heureuse et calme des Pères
forment un beau contraste avec l'étonnement et la stupéfaction de la foule. L'ensemble du tableau fait honneur à l'artiste,
et on comprend que la critique, émue de
ce travail, n'ait pas hésité à le classer parmi
les œuvres des grands maîtres.

La nef de gauche contient d'abord
un petit autel dédié à saint Nicolas de
Tolentino. Fresque admirable : la Madone
apparaît à notre saint au moment où il
prie pour les âmes du Purgatoire. Vient
ensuite la chapelle de l'Image miraculeuse,
point central du sanctuaire.

Dans la nef de droite se trouve l'autel
du Crucifix, on voit une fresque représentant le crucifiement de Notre-Seigneur ;
son histoire est intéressante et même miraculeuse.

L'an 1540, le prince Colonna se révolta contre Paul III, à propos d'un impôt sur le sel. Les troupes pontificales assiégèrent les principales forteresses des Colonna, entre autres Genazzano, qu'elles prirent et gardèrent longtemps. Il arriva qu'une partie des soldats en garnison dans la ville s'abandonnèrent au jeu et à la boisson. L'un d'eux perdit tout son avoir ; affolé par cette perte et excité par le vin, il se mit à proférer les plus odieux blasphèmes. Quittant ses compagnons, ce malheureux entra dans l'église Sainte-Marie ; il regarda la fresque quelque temps ; mais, au lieu de se repentir, il devint encore plus furieux ; tirant l'épée, il frappa l'image du Sauveur à la face, à la poitrine et aux jambes. O prodige ! Comme si ces coups avaient été portés au cœur vivant de Notre-Seigneur,

le sang coula de chacun d'eux, et couvrit
même l'épée du mécréant, qui chercha
son salut dans la fuite. Ses compagnons
le poursuivirent et le massacrèrent sur la
place où il avait perdu son argent. Cer-
tains auteurs prétendent que le sacrilège
échappa à la mort, se repentit et mena
une vie pénitente en qualité de Frère con-
vers dans l'Ordre des Augustins. Quoi qu'il
en soit, l'épée avec laquelle il frappa la
sainte Image se replia sur elle-même et,
dans la suite, ne put jamais être redres-
sée. On la conserve dans une armoire vitrée
comme un souvenir perpétuel du miracle.
L'autel du Crucifix est enrichi de nombreuses indulgences. Chaque vendredi, la
communauté y chante le *Vexilla Regis*.

A côté s'élève l'autel de saint Thomas
de Villeneuve. Deux tableaux achèvent

la série des merveilles: l'un représente la
translation de Scutari, l'autre le couronnement de la sainte Vierge par le Chapitre
de Saint-Pierre.

§ VIII. — LA FÊTE DU 25 AVRIL

La sonnerie de toutes les cloches, les
oriflammes aux couleurs voyantes et, plus
encore, l'animation extraordinaire qui se
remarque partout, annoncent la Fête du
lendemain. Sous les arceaux du cloître se
presse une foule compacte, groupée autour
de cinq ou six confessionnaux primitifs
distribués à distance. Les pèlerins sont
tout entiers à leur dévotion, avec ces allures simples, ce cérémonial sans façon que
notre réserve du Nord a quelque peine à

comprendre. C'est la justice du bon Dieu
rendue ouvertement, sans que le coupable,
agenouillé aux pieds du ministre du Seigneur, dérobe aux regards de la foule son
attitude de repentant.

Dès un peu après minuit, on commence
à entendre dans le lointain le chant des
pèlerins arrivant par caravanes de tous
les villages des alentours. Il y a quelque
chose d'étrangement touchant à suivre
cette musique montagnarde, confuse
d'abord et entrecoupée de silence, puis
graduellement plus continue et plus claire,
jusqu'à remplir enfin les airs de cette harmonie unique que les pèlerinages seuls
peuvent produire. L'oreille du corps
s'offense de ces mélodies, souvent con-
traires, qui se heurtent, se croisent et
engendrent tantôt un brouhaha confus,

où tout se noie et se fond, tantôt des disso-
nances brutales et obstinées; mais l'oreille

Les pèlerins de tous les villages des alentours arrivent en
procession à Genazzano.

du cœur se délecte à ce concert des âmes,
s'unissant dans un accord suave et parfait.

pour célébrer ce que le cœur peut aimer
de plus grand et de plus beau, Dieu et sa
Mère. Telle est bien cette harmonie, qui
grandit comme une marée montante, et
arrive de tous les points de l'horizon, à
travers le mystère de la nuit, pour s'épa-
nouir, devant le sanctuaire de Marie, aux
premiers rayons de l'aurore.

Mais, s'ils sont touchants à entendre,
ces cortèges de pèlerins italiens le sont
encore plus à voir. Le pittoresque des costumes nationaux s'y mêle aux groupes les
plus variés et toujours distribués avec ce
sentiment esthétique qui semble faire partie du naturel de ces populations. En tête
marche un homme de haute taille, tenant
dans la main droite le grand bâton de
pèlerin, et, parfois, portant sur le bras
gauche un jeune enfant. Après lui viennent

les femmes, la tête chargée de vases contenant les provisions d'eau pour la route; les
différentes familles forment, à leur suite,
autant de petits groupes, où l'on voit les
plus jeunes enfants portés tantôt sur les
bras du père, tantôt dans une corbeille,
sur le dos de la mère. Dans leur ensemble,
ces caravanes respirent un parfum biblique
et remémorent les scènes patriarcales.

Dès avant l'aurore, l'église est ouverte
aux pèlerins. La tradition assigne leur rang
aux différents cortèges, en sorte que tout
se passe avec ordre, calme et charité.

Parfums, lumières, cantiques, tout riva-
lise d'éclat pour célébrer la Madone.
L'église ne désemplit pas. La dévotion des
foules est intense, ardente, bruyante,
disons le mot, italienne. C'est un flot rou-
lant de chants et de prières. Ici, une cara-

vane récite ses rosaires ; plus loin, un cor-
tège dit ses cantiques ; là, on chante les
litanies. Par moments, comme sous l'effort
d'une impulsion magique, un même formi-
dable cri, parti d'un point de la vaste et
somptueuse basilique, est répété par
toutes les bouches : *Evviva Maria ! Evviva
la Madonna santa Maria !* Et, après un
court silence, qui forme comme l'écho des
âmes à ce chœur de voix, les prières, les
cantiques, les litanies reprennent leur
cadence étrange et passionnée.

Au spectacle de cette ferveur, on comprend pourquoi tant de papes ont témoi-
gné de leur dévotion à la Madone du Bon
Conseil. Contrairement à ce qu'on ne voit,
hélas ! que trop souvent dans les lieux de
pèlerinage, les habitants de Genazzano sont
demeurés bien dévots à leur Dame. Chaque

soir, au son de l'*Ave Maria*, il s'en trouve plusieurs pour se réunir dans l'église et réciter devant son autel son petit office en latin

FORMULA

BENEDICENDI ATQUE IMPONENDI SCAPULARE

BEATÆ MARIÆ VIRGINIS

A Bono Consilio

Suscepturus scapulare genuflexus, ac sacerdos stola alba indutus dicit :

℣. Adjutorium nostrum in nomine Domini.

℟ Qui fecit cœlum et terram.

℣. Ostende nobis, Domine, misericordiam tuam.

℟. Et salutare tuum da nobis.

℣. Domine, exaudi orationem meam.

℟. Et clamor meus ad te veniat.

℣. Dominum vobiscum.

℟. Et cum spiritu tuo.

OREMUS

Domine Jesu Christe, qui magni Consilii Angelus, et admirabilis Consiliarius, hominibus

per Incarnationem tuam adfuisti : hoc scapulare Beatæ Mariæ, Matris tuæ, a Bono Consilio,
bene † dicere digneris ; ut hæc insignia gestantes,
per gratiam tuam recta consilia secuti, bonis,
perfrui mereantur æternis. Qui vivis et regnas
in sœcula sœculorum. ℟. Amen.

*Postea aspergit scapulare aqua benedicta,
atque illud imponens, dicit :*

Accipe, frater (*vel* soror), hæc insignia Beatæ
Mariæ Virginis, Matris Boni Consilii, ut, ea ins-
pirante, quæ Deo placita sunt digne semper per-
ficias, et cum electis suis consociari merearis.
Per Christum Dominum Nostrum.

℟. Amen.

Tunc prosequitur :

℣. Ora pro nobis, Mater Boni Consilii.

℟. Ut digni efficiamur promissionibus Christi.

OREMUS

Deus, qui Genitricem dilecti Filii tui Matrem
nobis dedisti, ejusque speciosam imaginem

mira apparatione clarificare dignatus es : concede, quæsumus; ut ejusdem monitis jugiter inhærentes secundum cor tuum vivere, et ad cœlestem patriam feliciter pervenire valeamus. Per eumdem Christum Dominum Nostrum. ℞. Amen.

(Extrait du *Scapulaire de Notre-Dame du Bon Conseil*, imprimerie du Vatican, 1894.)

PETITES LITANIES DE NOTRE-DAME DU BON CONSEIL

Seigneur, ayez pitié de nous,
Sainte Vierge Marie notre mère, conseillez-nous et
  protégez-nous,
Fille bien-aimée du Père éternel,
Mère auguste du Fils de Dieu,
Divine épouse du Saint-Esprit,
Temple vivant de la sainte Trinité,
Reine du ciel et de la terre,
Siège de la divine Sagesse,
Dépositaire des secrets du Très-Haut,
Vierge très prudente.
Dans nos perplexités et nos doutes,
Dans nos angoisses et nos tribulations,
Dans nos affaires et nos entreprises,
Dans les périls et les tentations,
Dans les combats contre le démon, le monde et la
  chair,
Dans nos découragements,
Dans tous nos besoins,
A l'heure de notre mort;
Par votre Immaculée Conception,
Par votre heureuse Nativité,
Par votre admirable Présentation,
Par votre glorieuse Annonciation.
Par votre sainte Visitation,
Par votre Maternité divine,
Par votre sainte Purification,

Conseillez-nous et protégez-nous

Par les douleurs et les angoisses de votre cœur mater-
nel,

Par votre précieuse Mort,

Par votre triomphante assomption.

Agneau de Dieu qui ôtez les péchés du monde, par-
donnez-nous, Seigneur.

℣. Priez pour nous, sainte Mère de Dieu.

℟. Et obtenez-nous le don du Bon Conseil.

ORAISON

O Dieu, qui nous avez donné la mère de votre Fils
bien-aimé pour mère, et avez daigné glorifier sa gracieuse Image par une apparition miraculeuse, accordez-
nous, nous vous en supplions, qu'en nous attachant sans
cesse à ses conseils, nous puissions vivre selon votre
Cœur et parvenir à la céleste Patrie. Par le même Jésus-
Christ, Notre-Seigneur. Ainsi soit-il.

PRIÈRE

O très glorieuse Vierge Marie, choisie par le Conseil
éternel pour être la Mère du Verbe incarné, Trésorière
des grâces divines et Avocate des pécheurs ; moi, le plus
indigne de vos serviteurs, je recours à vous afin que vous
daigniez être mon guide et mon conseil dans cette vallée
de larmes. Obtenez-moi par le précieux Sang de votre

divin Fils le pardon de mes péchés, le salut de mon âme, et les moyens nécessaires pour l'acquérir. Obtenez à la sainte Église le triomphe sur ses ennemis et la propagation du règne de Jésus-Christ sur toute la terre. Ainsi soit-il.

100 jours d'indulgence.

(Léon XIII, 23 novembre 1880.)

TABLE DES MATIÈRES

NOUVELLES PUBLICATIONS

VIE DE SAINT REMI, ÉVÊQUE DE REIMS et apôtre des Francks, par l'abbé CARLIER, 1 vol. in 8° de 220 pages, orné de nombreuses gravures et précédé d'une lettre à l'auteur par S. G. Mgr MIGNOT, évêque de Fréjus et Toulon. Franco poste. . . . . 3 fr.

GARCIA MORENO, président de la république de l'Équateur, par l'abbé J. DOMECQ, 1 vol. in-8° de 300 pages, avec de nombreuses illustrations. Franco. . 3 fr. 50

HISTOIRE DE NOTRE-DAME DE LOURDES, d'après Henri LASSERRE, racontée aux enfants par Mlle Marie GUÉ, 1 vol. in-8° raisin accompagné de 18 gravures Franco. . . . . 3 fr.

L'auteur s'exprime ainsi dans sa préface :

C'est à toi, ma chère Madeleine, que je dois la première inspiration de ce volume ; cédant à tes instances, je t'avais donné à lire la si touchante histoire de Bernadette Soubirous, que Henri Lasserre a écrite avec tant d'intérêt et de charme, mais, comme je le craignais, après avoir lu quelques pages, tu m'avouas que s'il y avait de petits bouts que tu comprenais. il y en avait aussi de grands que tu ne comprenais pas. Et je regrettai alors qu'aucun auteur n'ait songé à mettre à la portée de vos jeunes intelligences les faits miraculeux des Roches Massabielles, si propres à faire germer en vous, chers enfants, l'amour et la dévotion envers Marie.

NOUVELLE SÉRIE ILLUSTRÉE

POUR LES DISTRIBUTIONS DE PRIX

Petit in-8° de 96 pages 21×12

Ce qu'il faut être avant la Première Communion.
Ce qu'il faut être après la Première Communion.
Histoire de Notre-Dame du Rosaire de Pompéi.
Histoire de Notre-Dame du Bon Conseil.
Vie de saint Antoine de Padoue, suivie de la neuvaine
Vie du P. Damien, l'apôtre des lépreux.
Vie de saint Remi, évêque de Reims.
Vie de sainte Cécile, vierge romaine.
Vie de sainte Catherine d'Alexandrie.
Histoire de Garcia Moreno.
L'Histoire Sainte racontée aux enfants.
Vie de Notre-Seigneur Jésus-Christ.

Tours, imp. DESLIS FRÈRES, rue Gambetta, 6.

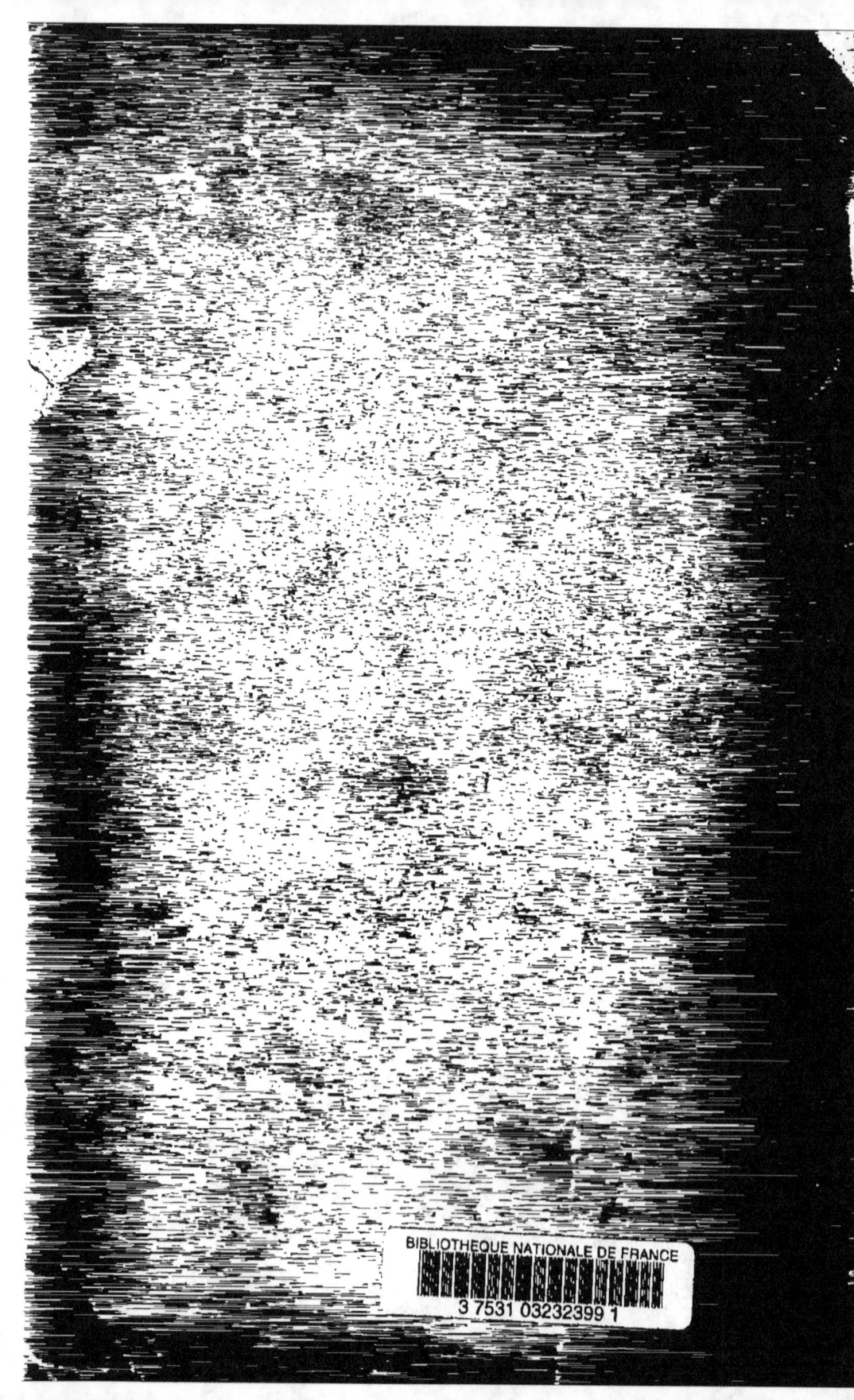